움직이는 무늬

움직이는 무늬

초판 1쇄 인쇄	2015년 2월 10일
초판 1쇄 발행	2015년 2월 13일

지은이   노란 바람
펴낸이   손 형 국
펴낸곳   (주)북랩
편집인   선일영   편집   이소현, 이탄석, 김아름
디자인   이현수, 김루리, 윤미리내   제작   박기성, 황동현, 구성우
마케팅   김회란, 박진관, 이희정
출판등록 2004. 12. 1(제2012-000051호)
주소   서울시 금천구 가산디지털 1로 168, 우림라이온스밸리 B동 B113, 114호
홈페이지 www.book.co.kr
전화번호 (02)2026-5777   팩스   (02)2026-5747

ISBN   979-11-5585-497-6 03810(종이책)   979-11-5585-498-3 05810(전자책)

이 도서의 국립중앙도서관 출판예정도서목록(CIP)은 서지정보유통지원시스템 홈페이지(http://seoji.nl.go.kr)와
국가자료공동목록시스템(http://www.nl.go.kr/kolisnet)에서 이용하실 수 있습니다.
(CIP제어번호 : CIP2015004406)

움직이는 무늬

노란 바람 글·그림

북랩 book Lab

여기는 사방이 반복된 무늬로 뒤덮인 공간이다.

네모인지 동그란 모양인지 아니면 찌그러진 모양인지
구분이 가지 않는 공간이다.
그곳에 누워 있기에 공간인 것만은 알 수 있다.
때로 고개를 들어 여기저기 살펴도
별다른 것을 볼 수가 없다.

나는 누굴까?

잠시 공간이 밝아진다.

무늬들은 여전하다.

어쩌면 '개'처럼도 보이고

또 어쩌면 '박쥐'처럼도 보인다.

다음 날, 눈을 떴다.
사실 주로 누워 있어서
허리가 좀 아프다.
머리도 약간 아프고….
슬그머니 일어나 먹을 것을 찾았다.
어느 구부러진 무늬를 따라가니
먹을 것들이 있다.
적당히 먹을 것을 들고
다시 구부러진 무늬를 따라 들어와 먹는다.
그리고 돌아보니 꽤 많은 물건들이
여기저기 어지럽혀 있다.
보기가 싫다.
먹고 다시 누웠다.

5년? 아님 10년?
시간의 흐름이 빠른 것은 알겠는데
정확히 알지는 못하겠다.
아니, 사실은 대략 정확히 알고 있다.
인정하고 싶지 않은 것뿐이다.
내가 이곳에 온 지, 이 공간에 온 지가
무척이나 오래된 것이다.
무늬들이 익숙하지 않지만 또 낯설지도 않다.
방바닥에 놓여 있는 컴퓨터는
항상 보란 듯이 나를 놀려 댄다.
검은 머리카락들은 바닥에서 꾸불텅 춤을 추고,
먹다 남은 밥알들도 날아갈 듯 말라붙어 있다.

알고 싶지 않지만
무늬들이 어둡게 보이고 희미해져 가면

또 다시 다른 날들이 온다는 것을 알게 된다.

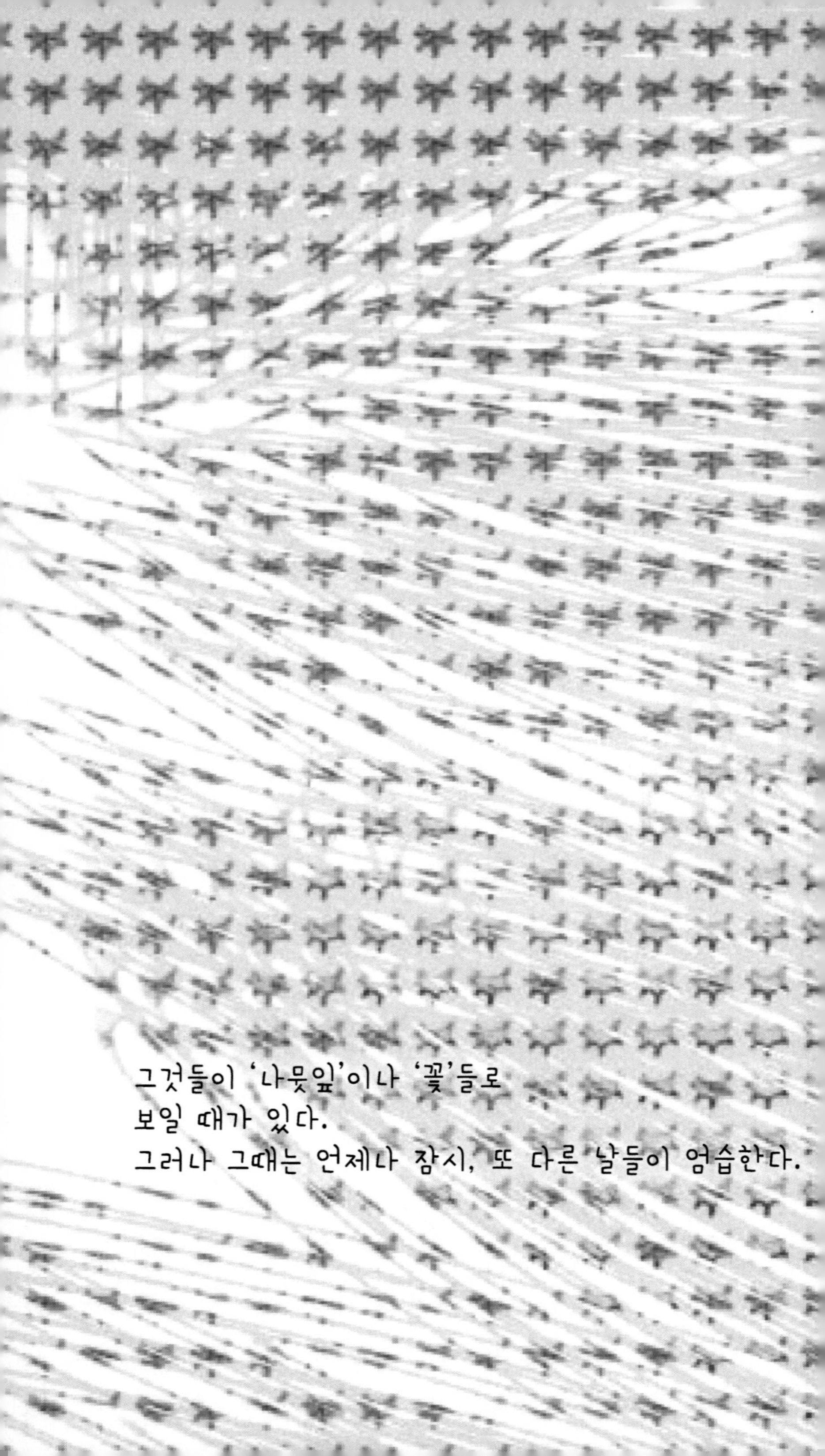

그것들이 '나뭇잎'이나 '꽃'들로
보일 때가 있다.
그러나 그때는 언제나 잠시, 또 다른 날들이 엄습한다.

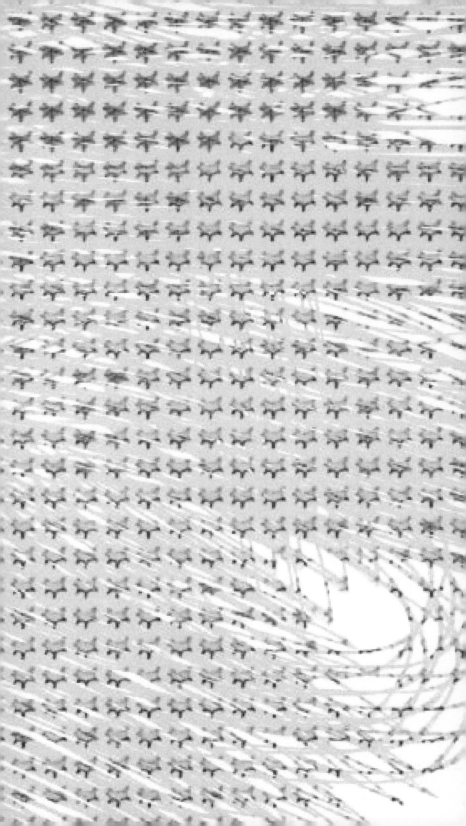

무늬들이 싫다.

그런데 내가 어리석은 건지 영악한 건지…
나는 알고 있다.
그 무늬들이 이 공간을 만들고 있다는 것을.
그래서 이 무늬들이 사라지면
나도 곧 사라지게 된다는 것을….

오늘 무늬는 온통 여우다.

다른 사람들이 있다는 것도 안다.

그들은 무늬가 없을까?
분명, 그들만의 공간이 있을 텐데….
그들은 어떤 모양의 무늬가 있을까?
요즘 궁금한 것이 그것이다.

나도 무늬를 바꿀 수 있을까?

꺾여진 것처럼 보이는 무늬에서
바람이 스며 들어오는 것 같다.
이 공간에서 확실한 것은 내 물건들이다.
늘 보는 것들이고 보이고 있다.
아주 작은 것들은 잘 사라지지만 말이다.
웃음이 난다.
이 생각이 왜 웃길까?
작은 것들이 사라지는 것.
그것들은 어디로 갔을까? 어디로 숨었을까?
아니면 무늬들 사이사이로
틈을 찾아 나가 버린 걸까?

술을 마셨다.
어제 그 바람이 들어오는 것 같다.
가물가물… 그 무늬들 가까이에 다가갔다.
하얀 선이 그어진다.
별 욕심이나 의지 없이 하얀 선이 그려진다.

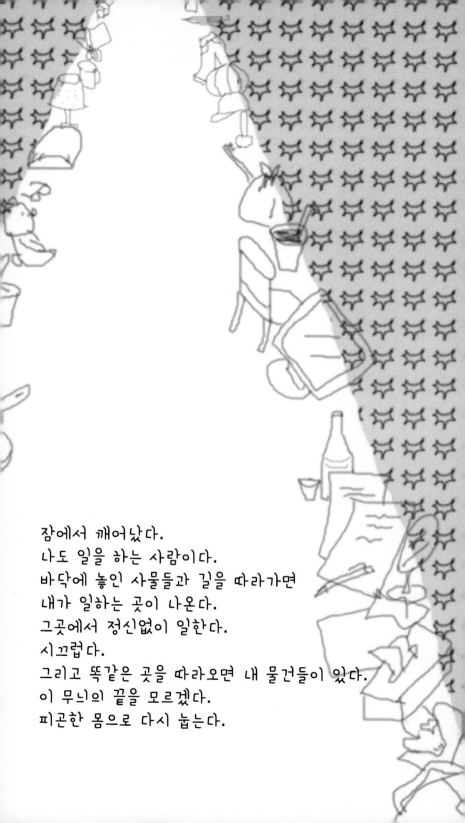

잠에서 깨어났다.
나도 일을 하는 사람이다.
바닥에 놓인 사물들과 길을 따라가면
내가 일하는 곳이 나온다.
그곳에서 정신없이 일한다.
시끄럽다.
그리고 똑같은 곳을 따라오면 내 물건들이 있다.
이 무늬의 끝을 모르겠다.
피곤한 몸으로 다시 눕는다.

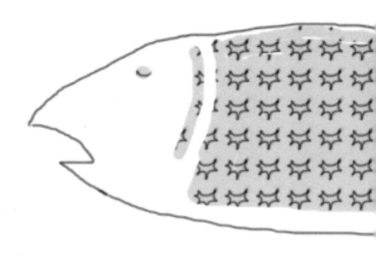

오늘 무늬는 뒤죽박죽이다.

이쪽 것은 '소리지르는 새', 저쪽 것은 '꽃게',
또 '그냥 찢어진 종이조각들', '도깨비 눈',
'물고기비늘이 뜯겨나간 자국', 생뚱맞은 '별'까지…

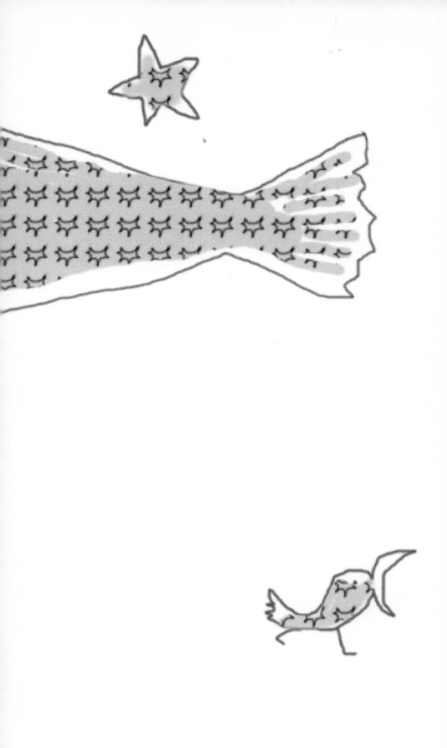

슬그머니 무늬를 보려고 고개를 돌렸다.

그곳에 하얀 돌멩이가 그려져 있다.
무늬들과 하얀 돌멩이는 잘 구분이 가지 않는다.
원래 무늬 색이 하얀 계통이었나? 아니었던 것 같은데….

무늬가 이상하게 움직이는 것 같다.
돌멩이 위를 무늬가 걸어간다.
슬쩍슬쩍 꿈틀대는 무늬들이다.

지금은

하얀 돌멩이를 보고 있다.

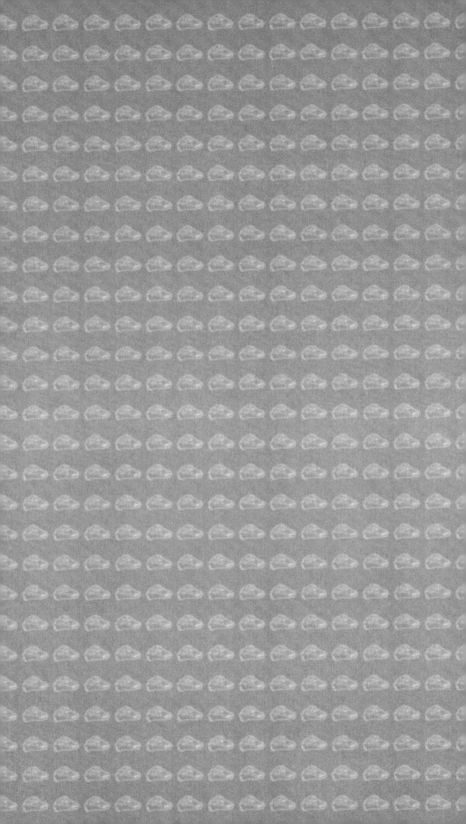

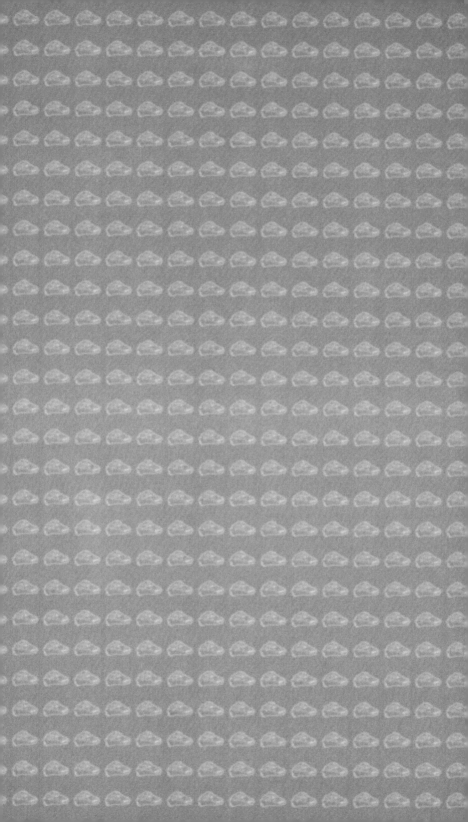